田野花香

FRAGRANCE OF FIELD FLOWERS

◎ 龚志祥 著

中央民族大学出版社
China Minzu University Press

图书在版编目（CIP）数据

田野花香 / 龚志祥著．—北京：中央民族大学出版社，2023.6
ISBN 978-7-5660-2216-5

Ⅰ．①田…　Ⅱ．①龚…　Ⅲ．①诗集—中国—当代　Ⅳ．①I227

中国国家版本馆 CIP 数据核字（2023）第 011412 号

田野花香

作　　者	龚志祥
责任编辑	李苏幸
封面设计	布拉格
出版发行	中央民族大学出版社
	北京市海淀区中关村南大街27号　邮编：100081
	电　话：(010)68472815(发行部)　传真：(010)68932751(发行部)
	(010)68932218(总编室)　　　　(010)68932447(办公室)
经 销 者	全国各地新华书店
印 刷 厂	北京鑫宇图源印刷科技有限公司
开　　本	787×1092　1/16　　印张：10.75
字　　数	160千字
版　　次	2023年6月第1版　　2023年6月第1次印刷
书　　号	ISBN 978-7-5660-2216-5
定　　价	48.00元

版权所有　翻印必究

目录 contents

理性的诗意表达：田野过程成果写作的一种探索
　　——《田野花香》序·················· 谭必友 001
写在前面的话································ 001

一　英伦天空

Epping Forest 徒步························ 003
送会来博士归国于伦敦亨顿晚秋················ 005
夜半无眠··································· 008
贝尔法斯特（Belfast）之旅···················· 010
北爱（Northern Ireland）之旅················· 015
冬至日后七日徒步东伦敦（East London）········ 018
徒步去 burberry 工厂的路上··················· 021
雨中徒步 redbridge·························· 023
游汉普斯泰德（Hampstead）··················· 025
游罗切斯特（Rochester）····················· 028
七夕······································· 032
思归······································· 034
祈祷······································· 037

· 001 ·

二　田野花香

回乡…………………………………………………… 041
徒步瑶祖故里药姑山………………………………… 043
沈家大院葡萄采摘…………………………………… 047
冬游平坝营…………………………………………… 048
游仙佛寺……………………………………………… 050
霜降游吴家院子……………………………………… 053
宿兴安村……………………………………………… 056
宿土家寨村…………………………………………… 059
腊壁司怀古…………………………………………… 062
访板沙界寨堡………………………………………… 065
立秋日理发…………………………………………… 069
秦皇岛的海天秋光…………………………………… 070
石柱站候车…………………………………………… 075
贺熤园成立…………………………………………… 077
春雨景阳关…………………………………………… 079
游望坪石柱观………………………………………… 082
夜宿湘西王村………………………………………… 084
景阳怀古……………………………………………… 086
辛丑年立冬…………………………………………… 092
大地色系……………………………………………… 094
君有旨酒……………………………………………… 098
梦兴安………………………………………………… 100

三　旅途星河

归途……103
民大十年……104
游荆州古城（三首）……106
夜未央……110
黄昏游长师校园……111
立秋（二首）……113
读管维良先生《巴族史》有感……114
丁酉年立冬……115
结庐涪陵……116
无题……118
读岳南先生《南渡北归》有感……119
惊蛰……120
李渡观日落……122
晚秋……123
中秋前抒怀……124
庚子深秋午后……125
雨林古茶……126
读李白《南陵别儿童入京》有感……127
贺《游鹰嘴岩》……128
夷城访友……130
寒冬忧思……131

立春 …………………………………… 132
庚子清明悼父（五首）…………………… 134
古道寻酒 …………………………… 137
饮茶偶得 …………………………… 138
贺友人千金出阁 …………………… 140
饮爱驿梯洞藏旨酒 ………………… 142
致敬重庆机车崽儿 ………………… 144
山海关中秋 ………………………… 146
寒露夜思 …………………………… 149
宣恩春早 …………………………… 150
饮旨酒偶得 ………………………… 151
北戴河观海 ………………………… 152
癸卯年清明 ………………………… 153
酉水立夏 …………………………… 156

理性的诗意表达：
田野过程成果写作的一种探索
——《田野花香》序

谭必友

龚志祥教授将自己在田野过程中写的诗歌结成集子，在朋友圈中传阅已久。大家都感觉到既有特别的审美韵味又有一定的学术意义，希望他公开出版。我自告奋勇来写一个短序。

熤园倡导田野中国学理论。作为熤园导师之一，龚志祥教授与熤园其他导师、博士硕士研究生等一道，一直在探索田野过程成果的写作。所谓过程成果，即在田野调查过程中围绕撰写学术论文或专著而收集、整理甚至撰写的各种体裁形式的文献，这些文献通过某种媒介公开传播，从而实现了其服务社会的部分学术价值。因其属于学者在研究过程中未定型的成果形式，我们将其定义为过程成果。我们此前的田野过程成果写作主要是采用日记、随笔、散文、新闻报道等体裁。我们也一再鼓励熤园学子，在写作田野过程成果时，可以探索多种表达手段，小说、诗歌、戏剧、影视、照片等体裁都可以尝试。比如诗歌体，原本是近代田野中国学过程成果写作的主要模式，田野中国学的先驱、清中期"天下第一知府"严如熤在田野调查过程中，常常以诗歌形式来记录田野所见所闻及自己的思考。在开展秦巴山田野调查期间，他写作了几百首诗歌记录田野调查资料，信息量十分巨大。试举其《汉南集》中的部分诗歌名称，就可见一斑：《从军行》《悯农词》《谕农词》《祈晴词》《喜雨词》《夏耘词》《华阳吟》《黑河吟》《巴山吟》《碥楼铭》《炮台铭》《棚民叹》《木厂咏》《铁厂咏》《纸厂咏》……可以说，用诗歌体裁表达田野调查所见所闻所思，正是田野中国学的传统之一。但是，熤园学人在开展了多年田野调查后，类似以田野诗歌为过程成果并不多见。我们已经结集出版了两部过程成果集，分别是《我在浦市读女神：熤园学人田野考察行记》(煤炭工业出版社，2017)，一本是《拉合尔的冬天不会冷：熠园学人南亚田野考察行记》(群言出版社，2021)，这些文章主要是散文体裁、随笔体裁、日记体裁等。没有诗歌体裁，这是什么原因？

主要原因在于，用诗歌体裁记录田野历程面临多种风险，其中学术认同的风险是最为关键的因素。诗歌体裁容量有限，写作要求还很高，很难将田野中收集到的信息完整呈现出来。同时，学者很难用诗歌与同行交流，学者在田野中用诗歌记录的学术发现很难得到同行认可。因此熠园年轻学子们基本上不敢去尝试。龚志祥教授身为教授身份，已经超越了这种学术认同风险的层次，因此可以从容地探索诗歌表达的可能性。我们面前的这个集子算是他带头做的一次学术探索。

为了写作好《从村庄出发》散文民族志，2015年，龚教授远渡重洋，来到伦敦访学，在伦敦开展田野调查，以便形成写作中的另一个文化参照图景。他在伦敦期间写了《英伦的天空》系列诗歌。正是有了英伦田野经历，他在《从村庄出发》中才建立了一个完整的村庄民族志图景，为我们呈现了村庄的另一种发展历程。

2019年后，他又接手了湖北省恩施土家族苗族自治州两个县的传统村落志的写作任务，他把大量时间花在鄂西山水的田野调查上。为此，他在田野中又写作了一组诗歌《田野花香》。他将两个田野经历以及其他田野调查经历中所创作的诗歌，整理成一本小册子，这就是他这个诗集的来历。

作为探索，成功失败都需要在实践中及时间中去逐步得到校正。龚教授这个诗集，不是文学意义上的诗，只是学术探索上的诗。不足之处肯定很多，比如无法满足传统韵律诗的平仄、押韵等形式。为了准确地表达田野发现，他不得不常常仅仅借用格律诗的句法形式，而将精力集中在真实内容的描述上。这都是探索中无法回避的问题。但这个探索是极有意义的，将为后来者提供一种写作参照模式。后来者一定可以在这个探索的基础上做得更好。

记得海德格尔有一个著名的命题：人，诗意的栖居。我们也可以模仿海德格尔的表达，对田野调查的诗歌写作概括为：理性，诗意的表达。此为序。

2022-06-07 于长沙熠园

写在前面的话

呈现在读者面前的这本小书是我 2015 年以来游学访问、田野调查期间完成的作品。严格意义上来说，算不上是作品，也算不上是诗歌和词作。规规矩矩的学术作品需要梳理文献，需要概念定义，需要方法论等，而诗讲究平仄韵律，五言七言的；词讲究固定的格式与声律，需要弄一个词牌名。这本小书难登大雅之堂，打油打油，仅此。

感谢国家留学基金委的资助和伦敦政治经济学院（LSE）人类学教授汉斯·斯坦米勒（Hans Steinmüller）的帮助，我得以访问伦敦政治经济学院人类学系。在英国期间，认识了张震英教授，他是研究文学的，对诗学有独到的见解。在他的号召和组织下，几位中国访学的老师结伴游览罗切斯特古堡（Rochester upon Medway），他谈到了诗歌，我很羡慕。后来试着用诗歌的体裁形式表达一下参观罗切斯特的所见和古堡的历史沧桑，写完发给张教授指正。张教授说随意写，无定法无程式，自由发挥。鼓励多多。

对诗歌，我是不懂的，但又被这种精练的语言表达所深深吸引。在行走中遇到饱眼福的美景、穿透历史的故事、红尘历劫的人物，都会带来不同程度不同味觉的感受与认知，行走过程中的匆忙又难以长篇大论进行考证、记载和讲述遇见，对那脑海中转瞬即逝的一念，诗的表达是最好的选择。

在英国一年，创作散文《从村庄出发》，2017 年出版后，有学者认为是散文民族志的写作范式，这对我是莫大的鼓励。人类学/民族学的田野是严谨的，也是枯燥的，但也是有花香的。因此，田野也是诗学的。这是我有勇气出版这本小册子的诸多理由之一。

国家留学基金委的资助，我一直心存感念。因此，也就一直想写一本英伦观察的书，希望对社会有用。回国之后，没有能够静下心来细细思考，愿望也就一直无法表达出来，不知道有时间后还能忆起多少往事，还有没有这样的想法。因此，匆忙中形成的这些诗化表达对我而言尤其珍贵，有起承转合的作用，也有开启未来的意思。我们的学术共识体把这类田野作品称之为过程成果，这与中国传统文化表达社会的多样化手段、记载历史的多类型文体是不谋而合的。

回顾历史，先秦的诗经、楚之离骚、盛唐的诗歌、宋词元曲无不是人文传承空间耀眼的星。田野诗学，花香正浓。

几经周折，在东北大学秦皇岛分校各级领导和同仁的关心支持下，终于在秦皇岛安定下来，终于可以安心上课，好好上课。在此，我衷心感谢成长路上这珍贵的帮助和扶持。不忘初心，砥砺前行。

2022 年 6 月 14 日 秦皇岛

一

英伦天空

一 英伦天空

Epping Forest 徒步

倾心醉入你的春，
又来踏歌你的秋。
春倦忘我诗画里，
秋缠恋我想华田。

注：2015年10月31日独自一人徒步伦敦 Epping Forest，在此之前，曾与中国留学生徒步两次，意犹未尽；随后独自前往，慢慢体会，被美景吸引，秋色撩人，醉心入怀。看夕阳西下，触动思乡思家情绪。当日晚归，作此诗。

田野花香

送会来博士归国于伦敦亨顿晚秋

（一）

秋风劲起秋草黄，
秋叶飘零蕴丰年。
漫天红叶透霞光，
踏歌一曲话愁闲。

（二）

Hendon 的天空，
阳光慵懒，
似出非出，
筑底式运行，
为了扶摇直上的万里环宇。

徒步处子般的街区，
轻抚 Middlesex 的浓浓秋意。
183 路红巴士，
挥手送别会来兄弟。

国王学院的骄子，
风流齐鲁大地。
结交 Epping 徒步，
论辩白崖海岸，
今日回声依旧。
王者归来！

注：2015 年 10 月 30 日，我从东伦敦 Leyton 转乘地铁去北伦敦 Hendon 送王兄会来博士归国。我与会来博士相识于一次徒步之旅，后多有联系，还一起考察伦敦的卫星城 Welwyn Garden city，每次争辩和讨论，都有收获。会来博士出生于山东而供职于南国。先我归国，有感而发。

一　英伦天空

夜半无眠

今宵梦残,
起坐望冷月,
窗外可否有寒霜。
烧茶煮酒伴书香,
思绪回故乡。
花满山岗,
荒草缄径牛铃铛,
春来燕归抚忧伤。

注:因需要与家人联系,慢慢习惯了在伦敦熬夜,爱好夜读和写作。2015年12月21日夜,望着窗外的月亮,担心老家病愈的父亲身体健康,无眠。

一 英伦天空

贝尔法斯特（Belfast）之旅

贝尔法斯特的冬阳，
梦想消融航道上的那座冰川。
拉根河晚归的渔船，
翘首泰坦尼克百年。
鱼腹经纬宇宙沧桑，
冷眼斜视人类贪婪。
驻足教堂的那一抹晚霞，
瞬间幻化人间烟火一片。

注：2016年2月11日，随友人夏红伟博士旅游北爱尔兰，一行三人，当天下午在城区旅游，被美景吸引，西下的夕阳余晖映照着古老的教堂，美轮美奂，有感而发。贝尔法斯特是"泰坦尼克号"的诞生地，在1912年4月14日，泰坦尼克号在大西洋上撞上冰山沉没，共造成1500多人遇难，给人们带来了巨大的悲痛。

一 英伦天空

田野花香

一　英伦天空

田野花香

一 英伦天空

北爱（Northern Ireland）之旅

卡里克索桥的疾风，
吹皱了额头，荡平了忧愁。
巨人之路的劲雨，
淋湿了毛发，滋润了心头。
卡里克弗格斯城堡的守望，
凝聚了慧眼，澎湃了思潮。
大西洋上的帆影，
恋上了远征，点遍了灯火。

注：2016年2月12日，随旅行社旅游北爱尔兰的卡里克索桥、巨人之路、卡里克弗格斯城堡等景点，风大雨大，别有一番情趣，旅游全在心境。

田野花香

一 英伦天空

田野花香

冬至日后七日徒步东伦敦（East London）

岁月催春吾已衰，
暖冬嫩绿蕴未来。
沧海桑田存永恒，
蓝天惊鸿入梦怀。

注：2015年12月28日，中国留学生10多人一起徒步，整理照片时，写于晚上11点。

一 英伦天空

田野花香

英伦天空

徒步去 burberry 工厂的路上

一路漫行秋红透，
西风蔓草最深处。
荒烟静待春含笑，
离愁乡思望巴楚。

注：2015年11月22日，独自一人去 burberry 工厂，参观工厂的商店和观察消费者。一路风景如画，沁人心脾。

田野花香

一 英伦天空

雨中徒步 redbridge

风萧萧兮雨亦斜，
征途漫漫意如铁。
莫忧未来呈何状，
不卑忘我慨而慷。

注：2015年10月5日，为了节约，去快递公司给孩子邮寄奶粉回家。去时阳光灿烂，归途大雨如注，全身湿透。一位归途遇雨没伞的人。

田野花香

一 英伦天空

游汉普斯泰德（Hampstead）

细雨纷纷累乏人，
国会山上观雾城。
乡村酒馆三春暖，
一杯无里寻拜伦。

注：汉普斯泰德及周边，我去过无数次，仅 Keats 故居就造访了 3 次，Kenwood house 去过 2 次。2016 年 2 月 5 日，独自一人游汉普斯泰德，中午在 The Spaniards Inn 小酒馆小饮一杯。隐于闹市的 The Spaniards Inn 酒吧是伦敦最古老的乡村酒吧之一，据说曾接待过马克思、拜伦、狄更斯、济慈等这些伟大的寻酒客。狄更斯把这个小酒吧写进了《匹克威客外传》，传说济慈流传千古的诗篇与这小酒吧有点关系，诗酒一家。

田野花香

一　英伦天空

游罗切斯特（Rochester）

（一）

隔河远望，
一座渺小的城堡。
我的心房开始狂跳，
她的灵魂向我手招。

走近凝视，
灰色单调的古堡。
庄严肃穆孤傲，
生生不息的绿草地将她拥抱。

残垣断壁耸立，
斑驳的泥土裹挟贝壳。
静默的人久久注目伤痕的墙体，
米字旗呼啦啦风中飘摇。

（二）

公元1215年，
140名骑士举义旗限王权。
为他人一战而成就永恒，

再次背书大宪章。

硝烟散去，
不闻马嘶人沸。
砍头剁手已成遥远过去，
公平正义自由茂然生长。

罗切斯特人的脸上，
不再刻有忧伤和苦难。
共生共荣你我都一样，
自由的灵魂在生命之上。

（三）

关进笼子的王权，
不是王的愿望。
正义自由的人民，
神圣宪章誓死守望。

遥望东方，
大地寂静暗淡。
沉沦于中世纪的黑障，
何时初现驱魔的曙光。

自由平等博爱，
唤醒沉睡的法兰西。
为了民有民治民享，
穷有尊严富有标杆。

田野花香

注：2015年10月25日，与中国留学生朋友一起游Rochester古堡，在张震英教授建议下，24日网上学习了英国人的那段历史，还看了《铁甲衣》电影。Rochester古堡遗址的千疮百孔在心中的印象久久挥之不去。旅游归来，继续了解当时欧洲和英国的历史，2015年10月28日晚创作。

一 英伦天空

七夕

思念如梭月如钩,
他国英伦无我住。
西边日头东边月,
经纬万里共婵娟。

注：2015 年 8 月 20 日，正值中国传统节日七夕节，独自游伦敦塔桥（Tower Bridge），见天上日月同辉。

一 英伦天空

思归

静坐蓝天暮色,
时光飞逝春回。
一年英伦穿越,
梦里天下大同。

注:2016年2月11日拜访导师伦敦政治经济学院石汉(Hans Steinmüller)教授。中午,在伦敦政治经济学院旁的 Lincoln inn field 小憩,想到月底归国,感慨时光飞逝。

一　英伦天空

田野花香

一 英伦天空

祈祷

僵卧英伦难入眠，
祈盼三地早团圆。
天地慈悲发愿心，
武陵春深入梦来。

注：2016年2月24日，静坐房间，心思不定，等待27日起程回国，娃在武汉上学，我在英伦，夫人在来凤工作，盼望着一家早日团圆。

二

田野花香

回乡

数度梦里回故乡，
炊烟又起牛铃铛。
桃花红过梨花白，
阳雀唤得燕语欢。

注：2016年4月11日回到老家来凤县五台曾家界看望父亲。2015年，我在英国时，父亲重病一场，对他的身体打击较大，比一年前老了许多。他领着我很吃力地走遍了后山的山林，并把界址一一交代我记清楚。晚上与父亲抵足而眠，感觉父亲整个晚上都在不停地给我盖被子，一会又摸一下我的脚，看看是否还在被子里面。第二天下山回武汉，父亲再也没有力量送我了，只能看着我的背影变小，然后消失在山脊的另一边。

田野花香

徒步瑶祖故里药姑山

药姑问道龙窖山，
瑶祖故里把家安。
畲田种酒醉月色，
千家峒里大歌盘。

注：2016年6月3日，承蒙中南民族大学苏祖勤教授邀请，与中南民族大学田孟清教授、李庆福教授、华中师范大学高秉雄教授，还有省社科院专家等一行数人到达湖北咸宁通城县城，6月4日，在龙窖山下大坪村与通城县瑶族文化促进会的志愿者、湖北科技学院茶马古道研究专家会合，徒步翻越龙窖山（也叫药姑山），当晚夜宿湖南临湘古塘；6月5日，徒步到达咸宁赤壁市的羊楼洞。两天共步行近60公里。

田野花香

田野花香

田野花香

沈家大院葡萄采摘

秋雨秋阳竞霜天，
唯有红提绿依然。
绿衣尽染因紫玉，
笑傲秋风玫瑰香。

注：因为经常去三胡的沈家大院采摘葡萄，2016年10月12日赋打油诗一首。因沈家的葡萄园地处散毛土司的后花园二虎坝，散毛土司其中一位司主葬于此地的覃家堡，堡因此名官坟山。因沈家大院的葡萄味美，命名为官葡。当月18日湖北省省长到来凤县杨梅古寨调研和考察，品尝到沈家大院的葡萄玫瑰香和紫玉两个品种。神奇，紫气东来！

冬游平坝营

暮色苍茫空山静,
四洞峡中寻泉音。
昏鸦鸣远冰封路,
蓄春岁月不老情。

注:2017年1月18日,从荆州驱车出发回来凤过年,咸丰龚吉云兄弟邀请我去坪坝营一游。我与夫人、女儿欣然前往,到达已是下午5点后,暮色中匆匆一瞥,路面还有积雪,山涧偶有冰柱,山林深处传来昏鸦的鸣叫声。夜宿坪坝营山上农家小院,围着户外篝火夜话至深夜方歇。

田野花香

游仙佛寺

酉水漫韵仙佛月,
佛潭映心善无界。
东出洞庭西武陵,
一蓑烟雨一世情。

注：2017年1月18日在平坝营得兄弟吉云款待，一家三口游四洞峡，当时傍晚，天寒，地有薄冰，别有情趣。中途还去了一趟重庆黔江区濯水姑父家。2017年1月21日从咸丰县回来凤县，游仙佛寺。冬日暖阳照在酉水河面，波光粼粼，佛光山水一色。

田野花香

田野花香

霜降游吴家院子

结露为霜送晚秋，
芙蓉花开一日休。
红柿傲寒待春暖，
铅华洗尽美人酥。

注：得来凤县政协文史委邀请，与刘亚东主任一道，有缘得往革勒车镇乡村调查机会，甚幸。2019年10月24日下午，造访豹子沟村吴家院子，院落极美，与村人谈古论今，说到龚吴二姓本是一家人，高度认同。因龚姓缘故，村人对我热情有加，视为一家，倍感亲切。临走，送我许多菜蔬而不能拒。

田野花香

田野花香

宿兴安村

漫天繁星渐入梦，
无定无我虚太空。
啁啾耳畔意回转，
初觉晨曦霞揽怀。

注：2020年4月15日，借参与来凤县政协《传统村落调查》项目之机，造访百福司镇兴安村，夜宿一脚踏三省农家乐。好有味道的店名，湖北省兴安村地界与湖南省、重庆市（原四川省）接壤，故有一脚踏三省之说。外来人不明就里，还以为是中书省、门下省和尚书省三省。当然也可能以为是《论语·学而》里的曾子曰："吾日三省吾身，为人谋而不忠乎？与朋友交而不信乎？传不习乎？"真是一语可三解，正确的只有一解，那就是一脚踏湖北、湖南、重庆（原四川）三省市，其他两解可一笑而过。当然要是在这个农家乐吃一顿饭或住上一宿可三省吾省，那是得道高人。兴安村的夜晚和早晨都是绝美，那里的星空、那里的日出日落，任何语言都是无力的，你只能亲自前往用心去体会。

田野花香

田野花香

宿土家寨村

去岁桃酿今日醉，
天天桃花醉何人？
春思入梦鸟语鸣，
举杯销魂谁先觉。

注：2020年3月17日，第二次前往革勒车镇土家寨村调查，与村书记老鲁在荆棘丛中寻访记载巴盐古道的清代石碑，晚饭时饮村里自产的桃花酿美酒，宿桃林人家。

田野花香

田野花香

腊壁司怀古

昔年风云碾为泥，
唯有自然扯大旗。
恩仇烟消数重天，
闲人踏青寻腊壁。

注：2019年3月19日，在腊壁司村进行田野调查。村委会里与我同名的田书记带我寻找传统文化遗存，给我讲述村里的民国故事，民国强人田雨卿、田步云的风云往事、恩怨情仇等。登临腊壁司村主峰雷公顶，漫山野花香，俯瞰山下田园秀色，内心感受春的蓄势欲起，磅礴待发。

田野花香

田野花香

中国土家族田氏族谱

湖北·来凤

腊壁司（咸丰片区 来凤片区）支谱

公元二〇〇八年（戊子）八月八日

访板沙界寨堡

板沙界上存旧垒，
巴盐古道长恨水。
东风裁剪花月衣，
青帝含笑兵与匪。

注：2019年3月18日，在板沙界村进行田野调查，访问板沙界古堡遗址。遗址植有苍松翠柏，山野樱花盛开。板沙界古堡系该村民国富裕人家邓家所建，位于邓家大院的后山山顶，居高临下，与邓家大院互为犄角，攻防兼备，用于躲匪和兵乱，起着卫村护寨作用。1926年秋，民国乱世，革命志士来凤人张昌歧等在此发动农民300多人，以此为据点，举行起义，攻打来凤县城。

田野花香

二　田野花香

田野花香

立秋日理发

秋风微醺酷暑降，
两鬓染霜镜相向。
农夫山田盼暮雨，
斑白缘愁似个长。

注：2020年8月7日，农历立秋日，阳光炽热，久旱无雨。遵照夫人吩咐，到来凤县某理发店理发。

秦皇岛的海天秋光

东临碣石观沧海，
日月星辰永轮回。
秦皇寻仙洪波起，
妙药自在民情中。

注：2020年10月，在东北大学秦皇岛分校给中巴联合学位2020级博士生上课。10月17日，乘上课间隙，去渤海观潮，听海声看海霞，沿赏心悦目的海岸线信步，海鸥展翅，海潮声起。

田野花香

田野花香

田野花香

田野花香

田野花香

石柱站候车

我在石柱县,
等趟列车来。
不怕你晚点,
就怕你不来。

晚点犹可期,
我心起涟漪。
不来成绝期,
长天断秋水。

注:2020年9月22日,应石柱县委统战部向部长和余部长邀请,坐动车去石柱,商讨统战课题研究事宜。午饭后返涪,在石柱火车站候车,火车晚点。

田野花香

贺煜园成立

古风劲吹新气象，
煜园新绿蕴华章。
象牙塔里自高贵，
待时润泽盘古天。

注：2014年，湖南师范大学谭必友教授在岳麓山下成立煜园，志在开辟学术新天地，建立田野中国学。2015年的我远在伦敦，5月某日，煜园师友微信群聊得火热，祝贺煜园成立的诗词歌赋不断刷屏，兴致所至，赋打油诗一首以记之。

田野花香

春雨景阳关

凌空欲飞远渔歌,
瑰意琦行藏星罗。
莫道关外景阳美,
更有花果待秋墨。

注:2021年3月10日下午,与友人毛昌恒先生在绵绵细雨中从古镇花坪出发,由此而南游览建始县景阳关,古道沧桑,缓缓登临,站立关口,居高临下,凌空欲飞。顺着古道出关下行数步,隐约可见山下藏于雾中的清江。一江春水东流去,河谷两岸村舍良田若隐若现,炊烟又起。关内花坪古镇在驿道的尽头,遥望可及。此情此景,触景生情。

田野花香

田野花香

游望坪石柱观

天造地化柱神秀，
渡鸦鸣空新雨后。
会当临顶观寰宇，
喜从天降福禄寿。

注：2021年3月11日，与建始县政协文史委毛昌恒主任一道，礼拜著名的建始县石柱观，因专注于当时的自然天象，没有注意山脚的碑文。觉当时天象地理神奇，特记录之。初见石柱观，颇为神奇，旷野里一石柱独起，拔地向天，傲然挺立，视若大望坪原野四周群山如无物，感大自然鬼斧神工之妙。欲攀此峰柱，闻渡鸦鸣空，见飞走于石柱崖壁林间，随与昌恒主任起步拾级而上，达峰顶庙观，上至高层阁楼，一览望坪无余，陶醉其中。斯时，上空喜鹊盘旋唱和。美哉！逐级而下至山脚，见碑文"福禄寿"也，与心中所想合一，神奇！

○ 田野花香

夜宿湘西王村

王村霞起芙蓉开,
酉水远自忠峒来。
猛峒何时成猛洞,
酉阳西移入思州。

注:2021年4月3日,应邀参加在泸溪县浦市镇举行的"2021湘西州非遗项目谭氏苗拳全国学术研讨会",4日,陪东北大学民族学学院(秦皇岛)院长郝庆云教授及纪胜利教授考查湘西传统村落,当晚入住芙蓉镇,夜游古镇,见酉阳宫,而地名酉阳的县却在重庆市。

● 田野花香

景阳怀古

双土地

辟地开天美景阳,
夷水东流破绝壁。
粟盐互市自宋始,
华夷共享双土地。

双虎钮錞于

錞于声声军情急,
家园失守忙转移。
双虎深埋革坦地,
南迁五溪桃源居。

土司大寨

硝烟已逝硝洞在,
土司大寨拆关隘。
龙虎交融化蝶瀑,
盐水女神入梦来。

注：1、2020年7月14日访问革坦社区，峡谷夕阳，美化于心，与景阳社区各位领导和向镇长晚餐，宿景阳仁和宾馆；15日访问粟谷坝，感谢教授龚义龙兄引荐，承蒙龚校长一家盛情款待，一起访古寻踪，阳光灿烂的一天，宿景阳仁和宾馆；16日访问双土地，遇大雨，得村委大力支持，感谢向老师、谭老师鼎力帮助。村中早餐后，雨停至古街访问，立古街北头，清江美景尽收，远眺江北，景阳之美，仙也醉也。感谢黄力勤兄邀约，亲自驾车绕道至景阳镇接我，宿花坪小西湖壹号别墅酒店，饮52度东方红1949。后茶叙听雨至夜，相约择日赴四川李庄，微醉入眠。

2、诗歌创作于2021年10月26日夜至27日晨。初到沈阳，参加东北大学硕士研究生招生会议，想起景阳，无法入眠，似睡非睡，似醒非醒，吟打油诗歌景阳，完成心中之愿。

3、双土地与粟谷坝只一岭之隔，均位于清江南岸。属于土家先民巴人的传统势力范围。据《宋史》卷二百五十二载：宋咸平五年（1002年）正月，天赐州蛮向永丰等二十九人来朝。夔州路转运使丁谓言："溪蛮入粟实缘边砦栅，顿息施、万诸州馈饷之弊。臣观自昔和戎安边，未有境外转粮给我戍兵者。"先是，蛮人数扰，上召问巡检使侯廷赏，廷赏曰："蛮无他求，唯欲盐尔。"上曰："此常人所欲，何不与之？"乃诏谕丁谓，谓即传告陬落，群蛮感悦，因相与盟约，不为寇钞，负约者，众杀之。且曰："天子济我以食盐，我愿输与兵食。"自是边谷有三年之积。由史可见地名之古老。

4、双虎钮镎于考古发现于景阳镇人民政府所在地革坦社区，革坦社区位于双土地古街前方山下清江南岸的台地。革坦社区是景阳镇政府的政治经济文化中心，此镇多闻名的美景美食，最为著名的当属1977年这里出土的双虎钮镎于，为国内罕见的珍贵文物，现馆藏于湖北省恩施州博物馆，国家一级文物，成为镇馆之宝。淳于研究文献较丰富，有专家认为，虎钮錞于系土家族先民巴人的一种军用乐器。巴人崇虎尚武，在錞于上以虎为钮，故名虎钮錞于。也有人认为錞于是权力和财富的象征，盛行于战国至秦汉时期，一般为单钮。还有人认为与錞于的功能和人们的信仰紧密相关。也有研究专家认为，錞于最早见于《周礼·地官·鼓人》文献，认为是一种乐器，考古发现最早实物为山东沂水刘家店子，系春秋中期墓葬出土。虎钮錞于目前的考古发现多见于湘鄂渝黔毗邻的武陵山区，出土多为春秋晚期。就目前的文献和考古发现来判断，錞于应是兴起于东夷，然后传播至长江下游，而后至巴人分布的长江中上流地区，融入虎文化，本土化为虎钮錞于。

　　景阳镇清江谷地是个风景独好的地方，清江河流两岸形成数十平方公里的台地，宜居宜业，台地被两岸绝壁夹持，与外界相对隔绝，现代交通兴起以前，这里是世外桃源。这里地名带双的不少，双土地、双石柱、双寨子等，还有清江两岸的台地、两岸绝壁等，这些与考古发现的双虎钮錞于是天然巧合，还是巴人受此大自然巧夺天工美景启发对虎钮錞于创新所致，目前还无定论。天地轮回、昼夜更替、男女繁衍等无不是以双走向未来，可见双虎钮錞于在当时部落的崇高地位和精神号召力。关于虎钮錞于属于军中打击乐器的说法，专家意见较统一，无异议。文献记载虎钮錞于一般呈椭圆体，上大下小状，顶平，周围为翻唇，中有一虎钮，虎作昂首张口状，虎身有纹饰，下口较直。虎钮錞于这样的造型受大自然启发是有可能的，天圆地方、天大地小是常人目力所及的事实。

　　双虎钮錞于出土的具体位置在清江南岸台地，革坦社区3组，海拔520米，北纬30°21′4″，东经109°58′4″，据社区工作人员讲述，当时还出土了酒杯8个，壶1把，不知存放在何处。双虎钮錞于为汉代青铜器，通高49cm，盘长32cm，盘宽25cm，重12.75kg，物件中空，整个形体上大下小，肩部隆起，略成椭圆，肩上平盘椭圆形，盘底有凸弦纹周和方格纹，盘中并立双虎，虎身长5cm，双虎间有一环相连，虎

田野花香

身有柳叶形花纹,虎口微张,可见上下牙齿,体态丰满,虎视前方,栩栩如生。柳叶形花纹是否受巴人的柳叶剑和巴船外形启发,需后人努力考证。巴史专家管维良先生认为,巴人勇猛,擅长近身搏击,不在乎剑的长短,只在乎剑的锋利,柳叶剑锋利无比,与老虎牙齿不相上下。从唐代诗人李白的《巴女词》"巴水急如箭,巴船去若飞"中,我们也可感知巴人之船的速度,虎虎生风。巴人的柳叶外形器物,是否受到老虎锋利牙齿和爪子的形状启发,目前没有找到证据。柳叶外形用于造剑创意,便于击杀,进入敌方或动物身体快且深入,容易拔出,较快结束战斗;柳叶外形用于水上交通创意,船舶水面受阻面积小,吃水线浅,运动速度快,便于机动,总是先于对手一步。

双虎钮錞于出土极为罕见,目前仅此件最为完整。在双虎钮錞于发现十多年后,在老集镇还出土一口编钟,老集镇由于清江水布垭大坝建成蓄水,现被淹没于水下。据革坦社区工作人员介绍,当时一居民建新房,开挖地基挖出一口编钟,后被骗子骗去,苦于当时的刑侦技术手段,只能靠走访社区和问询路人寻找线索,至今没有下落。

以景阳镇为中心的清江两岸谷地约30平方公里,两岸白色绝壁护卫台地,确保了生存安全,大大减轻了防卫压力,一江清水提供了生存必需的充足水源和捕鱼捞虾场所,顺江延展的台地保证了狩猎、采集的空间,冲积形成的台地土地肥沃便于耕种。土家先民巴人的一个部落在此生存繁衍,因独特的地理区位优势确保了这个部落的安宁,创造了辉煌的巴文化,双虎钮錞于是其杰出代表,幸存于世。

田野花香

田野花香

辛丑年立冬

昨日丹枫邀杏叶，
寒酥飘然潜入夜。
轻步踏雪联峰山，
碣石观潮听春雷。

注：2021年11月6日夜至2021年11月7日晨，秦皇岛下了一晚的雪，2021年11月7日，立冬日（辛丑牛年十月初三）整天大雪纷飞。下午，全家外出赏雪，上联峰山、北戴河看海。女儿还参加社区扫雪活动。

田野花香

大地色系

春

寒风孕育嫩黄,
大地悄然皲裂,
向黑暗扎根求生,
向光明破土问道,
春的讯息以凛冽开始。

微风泼洒绿意,
泥土舒展四肢,
奔东成就茂密,
奔西盎然生机,
水天相接是春的佳期。

旭日绽放五彩,
斑斓大地色系,
往南搭配炫丽,
往北缤纷写意,
花开花开是春的气息。

田野花香

夏

一场明亮的嘉澍，
绿透了华夏大地，
长江岸芳草萋萋，
青纱帐华北隆起，
绿是夏的旋律。

一阵和煦的薰风，
欢笑了九州绿意，
洞庭撩起涟漪，
泰山苍翠欲滴，
深绿是夏的极致。

一轮似火的骄阳，
加赐苍茫大地，
江南泛起绿浪，
西域闪烁绿星，
亮绿是夏的结局。

秋

轻装南飞的大雁,
拉高夏的霄汉,
雁阵迁徙的气场,
彩云写意镶边,
成就秋的深蓝。

呼伦贝尔的秋草,
哈尼梯田的稻浪,
长安城里冲天香,
钟山梧桐的苍茫,
金黄是秋的壮年。

浸透香山的黄栌,
高密怒放的荻粱,
姑苏霜天的古枫,
巫山神女的脸庞,
晚秋待嫁的新娘。

田野花香

冬

红高粱的酒香,
沁入冬的胸腔,
醉了北国的兴安岭,
酥了南国的五指山,
冬是秋的道场。

北风劲吹秋解落,
冰封河套天山,
雪飘太行青藏,
西双版纳绿依然,
封印是冬的爱恋。

笼统江中漂渔火,
琼枝皇帝轩辕柏,
璇花曼舞见炊烟,
雪蕴冰藏苦寒香,
天地素装只为遇见。

注：2022年4月，河北金融学院张雪培博士相约，让我写一首略长的自由体诗歌，颂景怀古均可。勉为其难，费时月余作之。

君有旨酒

涪陵一长啸，
打马秦皇岛。
永平府南望，
孤竹君笑傲。

田野花香

注：2021年12月30日，在东北大学民族学学院（秦皇岛）院长郝庆云教授带领下，学院师生赴河北省秦皇岛市所辖卢龙县就传统文化遗存进行考察和学习。考察得到卢龙县政协的大力支持，副主席单婵姝同志亲自介绍县情。在秦皇岛诗词文化研究会会长张富祥先生，秦皇岛中国孤竹文化研究中心主任薛顺平先生精心细致地组织安排和专业性的讲解下，师生们对以孤竹国遗迹为核心的历史文化以及历史悠久的永平府古城遗址有了初步的了解。我于2022年3月初解除与长江师范学院的工作关系，在等待东北大学秦皇岛分校人事部门过来提档案的过程中，就近在东北大学民族学田野基地来凤县乡村振兴研究院工作。2022年3月20日晚，我的朋友武汉金来朋线缆有限公司董事长张甫先生偕夫人从武汉回乡探亲，早几天就电话约我一起晚餐相聚，无奈当晚分身无术，改约饭后在来凤县乡村振兴研究院爱骓梯茶室相聚。晚餐时，兴致所至，与叶明理先生、肖卫东先生共饮了一瓶好酒，二位微醺可骑车归家，我微醉赴张甫先生的约。张甫先生带来了四种酒，烯凤来科技公司首席研究员张绪建先生、来凤县政协主席赵昌青先生一起共饮，我当晚大醉失忆而归，幸有满妹帮忙送我回家。21日早上醒来，回忆昨晚酒事，断断续续，无完整记忆。随去爱骓梯茶室喝茶看书，发现唯75度的大清香还有大半瓶剩余。饮茶看书，受昨晚酒局友情所扰，思绪中想起了遥远的孤竹国伯夷叔齐，想起了那一方台地的泥土芬芳，还有永平府和大佛顶尊胜陀罗尼经幢。感慨这一路走来，随记之。

神奇的是，不几日，恩施州纪委驻兴安村工作队一行到来凤县乡村振兴研究院讨论兴安村志一事，他们发现了这瓶残酒，几位老友相聚醉行湘西酒馆一起小饮一杯。所剩小半瓶被贤德老友收缴，随工作队到了兴安村。后因兴安村志撰写，我与来凤县史志中心研究人员一起到兴安村，工作之余，再与友人一起饮此酒。到兴安终心安。

梦兴安

抖缰纵马上长坡，
三省界上揽星河。
紫阳宫里煮寮茶，
芙蓉花谷踏伶歌。

注：2023年3月，在湖北省来凤县兴安村进行为期一个月的田野调查。26日，星期六，在村委会办公室整理田野调查资料有所思。长坡，兴安村的一个地名，兴安村所在的整面山坡。三省界，重庆（原四川）、湖南、湖北三省市交界之地，位于兴安村的至高点。紫阳宫，兴安村的一栋古建筑，地名也叫紫阳宫，位于捏车河（也叫关山河）左岸山上。明代辰州府同知徐珊（1487—1548）在嘉靖年间以庙工采木于盘顺中里之卯洞，凡居两年，著《卯洞集》。《卯洞集》有诗描写捏车河两岸风光，盛赞河谷芙蓉花开，作《缘溪芙蓉盛开，漫作八首》。

三

旅途星河

삼 매듭의 치

归途

午辞施南细雨霏,
千里武昌半日回。
动车窗外飘翠色,
盐水女神盼夫归。

注:2016年4月14日,探望父亲回武汉单位途中,路过恩施,与张银莲大姐、田发刚老哥、李超大哥共聚午餐于五峰山下。饭后,李超大哥开车送我到恩施火车站,天作其美,下起了淅淅沥沥的春雨。

民大十年

纱笼南湖烟雨,
树色青青薄凉。
校园一梦十年,
天地浩然正觉。

注：2016年6月28日，校园的雨一直在下，我在民族理论教研室收拾个人的书籍，整理归类后运往荆州，下学期就要去长江大学法学院工作。我2006年进入中南民族大学工作，工作台一直在教研室，从助教、讲师、副教授一直到教授，没有挪窝。感谢历任教研室主任和同事的帮助，抬眼望窗外，有所思。

三 旅途星河

游荆州古城（三首）

（一）

岁岁重阳今重阳，
九龙渊畔忆云长。
柳树依绿絮已远，
西望故乡愁断肠。

（二）

风飘水移云长路，
过关斩将到荆州。
一担重泥东门外，
画扇峰印义桃园。

（三）

古城深锁桃源红，
墙头煮酒谁英雄。
芈园天道问屈子，
芳菲四月向苍穹。

三 旅途星河

注：游荆州古城（一），2016年10月9日，重阳节，一家人游九龙渊公园，见柳絮飘飞，关公塑像傲立。夫人工作没有解决好，愁绪中。（二）2017年2月16日，早晨送女儿到古城中的荆州实验小学上学，返回时信步护城河外，经九龙渊水域，见关公塑像水中倒影风起时随水飘移，有所思。（三）2017年3月1日，在荆州办理离开长江大学的手续，间隙时，游荆州古城，桃花盛开，美景怡人。

田野花香

三 旅途星河

夜未央

呼啸北风过郢都，
旌旗劲展傲寒秋。
隆冬莽原披战袍，
陌上花开芈园春。

注：2016年11月22日夜，感受江汉平原旷野的风，狂风怒号，呼啦啦摇动窗户，窗外嗖嗖声不止，不能安眠。

黄昏游长师校园

西山落日东升月，
昼夜轮回永无歇。
起起伏伏苍茫事，
天降大任谁先觉。

注：2017年6月8日，在长江师范学院大江风骨处观日落，日月同辉，景致极美，悄无声息，慢慢藏于暮色中。

田野花香

立秋（二首）

（一）

风卷白云起，
蝉鸣动秋声。
偶有叶飘黄，
不见燕影忙。

（二）

白云生风降骄阳，
榕树深处鸣秋蝉。
涪陵李渡钟声远，
何时定心念文章。

注：2017年8月7日，立秋日，暑假中。从湖北来凤返回重庆涪陵，准备开学事宜。天正酷暑，穿行于集贤雅舍榕树下的步行小道，听蝉鸣，观树影。学校承诺的两年内解决家属编制，正式调入，不知何时实现，忧心中。

读管维良先生《巴族史》有感

巴国故都枳邑地,
嘉陵江畔廪君魂。
盐关漫道丹涪水,
川江烟雨任平生。

注:成都天地出版社1996年出版的管维良先生《巴族史》是一部了不起的著作,不到20万字。长江师范学院曾超教授推荐,读后有所感慨,文在精而不在多,厚度与高度无必然联系。不仅让我想起原工作单位中南民族大学吴永章教授的《中国土司制度渊源与发展史》,这也是一部字数20万左右的著作,韦东超教授推荐,阅读后收获很大。后学者难望其项背,史学造诣不可同日而语。遗憾的是这两部书都没有再版。

三 旅途星河

丁酉年立冬

微醉李渡入冬，
围炉夜话雾浓。
落花成泥巴地，
雪润冰藏春红。

注：2017年11月7日，立冬，一家人在涪陵马鞍南方鸭肠王火锅店晚餐，涮火锅，小酌一杯。回家时，观街道夜景，触景生情。

结庐涪陵

涪州李渡江湖远,
青莲不忍返金銮。
庙堂之音川江浪,
良知不灭共沧桑。

注：2018年元月14日，在校园闲逛，见一石碑，记载了唐朝大诗人李白在此渡江，故名李渡，字迹已模糊。明代学者、藏书家曹学佺在《万县西太白祠堂记》中说："涪陵有渡曰李渡，以太白曾渡此，即妇女稚子能知之矣。"1931年商务印书馆出版的《中国古今地名大辞典》，有关"李渡镇"的条文中也写道："在四川省涪陵县（今涪陵区）三十里大江之北，相传李白流夜郎渡此，故名。"同治重修涪州志亦有记载。

三 旅途星河

无题

迎朝露披晚霞，
阳阿薤露合鸣。
阳春白雪霜起，
下里巴人欢歌。

注：2018年1月10日清晨，送儿子上长江师范学院巴蜀实验幼儿园，穿越校园，晨曦透过树木洒落其间。一路风景，思绪穿越古今。

读岳南先生《南渡北归》有感

乱世家国与命搏，
牛人自有牛人处。
多灾中华存文脉，
蒋公何只一武夫。

注：来到重庆这块特别的土地，战时陪都。利用寒假阅读岳南先生的《南渡北归》，进一步了解了"中华民国"的苦难历史，中国不容易，中国百姓不容易，苦难深重的社会，内忧外患。在这个大背景下，才能多少读懂前辈们的心路历程和抗日将士的坚强坚韧。2018年1月28日掩卷有感。

惊蛰

地劈天开始惊蛰，
风行雷鸣春雨急。
桃华艳绝黄鹂鸟，
布谷声声柳叶青。

注：2018年3月5日，农历正月十八日，惊蛰日。坐公交送孩子到涪陵外国语学校上学，返程徒步回家，路经正在修建的学院路奥体至涪陵外国语学校段，感受春的蓄势欲来。

二 旅途星河

田野花香

李渡观日落

夕阳揽照花入眠,
霞染山黛天地恋。
昼夜轮回孕万物,
道法自然人亦然。

注：2018年4月9日晚饭后，在校园散步观景，经校园大江风骨处，静观落日西沉，感受万物归于沉寂。

晚秋

黄叶随风起，
细雨凝成霜。
世道无常在，
我心依安然。

注：2018年11月6日，在家读书。窗外秋雨一直在下，风起树斜，秋叶飘飞。内心世界如此安静。

中秋前抒怀

我心待明月，
明月寄相思。
相思如潮水，
潮水涤我心。

注：2020年9月20日，中秋节前夕，收到陈琪老师寄来的月饼。我与陈琪老师有两年的师生情缘，陈琪老师于2014—2016年在中南民族大学攻读社会工作硕士学位，我是她的论文指导老师，甚幸。

庚子深秋午后

南山在望度余年,
东篱菊开百花闲。
午后暖阳生倦意,
担水煮茶韵清香。

注:2020年11月12日午后,阳光甚好,与夫人阳台煮茶聊天。

雨林古茶

一缕微风一场雨，
晓湿雨林晚滇红。
古茶千年沐春语，
雀舌恋心彩云南。

注：2020年12月3日，入冬之季，收到来自云南西双版纳的问候，中央民族大学校友郭总海明先生快递过来各样茶叶，郭学弟对茶颇有研究和见地。他是一位精致的人，江西老表，品茶很有讲究。我是外行，他电话中细细道来，受益匪浅。郭总做事认真大气，观察细微。他也有一段涪陵美好时光，他知道涪陵榨菜、胭脂萝卜谁家的味美纯香，在郭总的推荐下，我也找到了涪陵城地下过道阶梯旁边那位背着竹背篓的榨菜人，买到了嫩香脆的手工榨菜和心心念念的胭脂萝卜。

读李白《南陵别儿童入京》有感

昨夜新雨昨夜梦，
今晨雨声起三弄。
蓬蒿逢春发嫩枝，
秋来仍是蓬蒿人。

注：2021年3月15日，随岁月流逝，年轮渐长，思乡之情愈浓。感谢县政协的帮助，过去两年走遍来凤大部分乡村。昨夜来凤喜雨直到天明，晨起看朋友圈，国家图书馆向辉博士转发的李白诗词《南陵别儿童入京》，有感。

贺《游鹰嘴岩》

故园三十三年前，
母校伐木若等闲。
今日聚首一碗水，
举杯五一忆少年。

注：2021年5月1日，同乡张志友先生邀约李诗林、黄利川、胡书炳和我，共游五台，走古道考察，忆少年懵懂。诗林兄赋诗一首《游鹰嘴岩》以记之。1978年，我在五台学校上初中，翻过大坳下小溪沟给学校搬运木板，建设美丽校园，由于体力小，那个累至今记得。

附:

游鹰嘴岩

故乡赤子返家园,
犹忆当年乐此间。
鹰嘴岩前观壮景,
青山绿树任流连。

夷城访友

昨日微醉夷水左岸,
烟熏夜话无边旧事。
柳下君子月满西楼,
田园妙笔杨树秦花。

注:2017年11月21日,在州城恩施会友,旧僚田景福先生、秦顺富先生,还有一个大院工作的杨华女士、冉崇柳先生、邓正悦先生,共聚晚餐,甚欢,微醉入梦压星河。

寒冬忧思

寒潮涨冰雪至，老父一切安好！
十年方可归田，伐薪烧炭南山。
种豆喂马担水，烧茶煮酒待友。
四季轮回无我，故园伴父暮年。
网络专家论证，延退两年返乡。
六二还能饭否，老父八十又六。

注：2016年9月，离开为之服务十年的中南民族大学，到位于江汉平原腹地荆州的长江大学法学院工作。那年的秋天，荆州多雨，晚上狂风怒吼，我租住的房子有点如电影中的龙门客栈，窗户哐哐直响，厨房飘进雨丝。入冬，寒潮来袭。11月26日，电话中知道老家开始下雪，担心父亲生计和健康，顿感无力无助。寄希望退休后，老父安康，伴父暮年赎心。

立春

残冰消融万物生，
春意萌动数九冬。
风霜雨雪浸筋骨，
又见炊烟武陵中。
围炉轻语辞老父，
道声尊重檐边送。
一路风尘迎春意，
不信春风唤不回。

注：2017年2月2日，去学校上班前，回到海拔1000多米的老家五台曾家界，与父亲聊天。2017年2月3日立春日，下山途中偶得。

三 旅途星河

庚子清明悼父（五首）

（一）

清明细雨报桃李，
一纸相连我和您。
倾情化作无声泪，
遥祭家翁浅思忆。

（二）

荒田野冢映碧空，
人生不应恨无穷。
草长木森隐凡迹，
不问苍生行大公。

（三）

天地人生无我用，
杜鹃泣血映花红。
依阑独饮杏花露，
春风拂柳燕飞龙。

三 旅途星河

（四）

风卷残云洗清明，
烟雨烽火起征程。
昼夜轮回三万天，
来世再续父子情。

（五）

伤春冷看梨花落，
柳絮翻飞罩烟阁。
春逝终成参天泥，
无情救恩云天搏。

注：父亲于 2019 年 11 月 27 日，农历冬月初二，离开我们西去。2020 年 4 月 4 日，农历三月十二，清明节，夜深，忆往昔，想着父亲对我的好，独处书房，无以寄托哀思。

田野花香

古道寻酒

东门关外漫飞雪,
高罗司府温酒烈。
古道西风往来急,
天涯倦客寻芳歇。

注:2022年2月7日(农历壬寅年壬寅月辛卯日,正月初七),大雪纷飞,旧司向力邀请,从来凤出发,顺着通施南古道,奔高罗土司故里,冰封东门关,驻足关外,踏雪板寮寨,寻得一款好酒,烹羊夜宴,一醉红尘,摆手歌起。

饮茶偶得

一杯唤春风，
两杯挽梦回。
三杯缥然醉，
茗椀道无为。

注：2022年8月2日上午，闲来阅读，在来凤县兴村科学研究院饮爱骅梯红茶，陶醉于斯，偶得。

三 旅途星河

爱驿梯

贺友人千金出阁

景阳琪树资玉润,
化文琦行佳偶成。
鑫情筑巢唯芳向,
比翼鸳鸯夷水长。

注:2022年7月某日,接友人运平兄电话,欣闻向府千金琪琦2022年9月10日出阁。高兴之余,赋之。景阳系建始县美地,运平家乡。

三 旅途星河

饮爱骅梯洞藏旨酒

虚度岁月随他老，
春来携酒眠芳草。
浮云不居秋霜起，
梦里白驹竟天晓。

注：在来凤县城购置了一套商品房，以备退休后安居。2022 年 7 月 11 日，为庆祝这件大事，高兴中，与朋友们饮爱骅梯洞藏旨酒过量，约九两，醉卧 3 小时，晚 11 点醒来，清醒至极，大呼好酒，酒中小众精品也。

二 旅途星河

致敬重庆机车崽儿

裸奔的重庆机车,
你要去向何方?!
山火肆虐的山城在召唤,
涪陵、巴南、北碚……
还有十万火急的缙云山。
龙麻子们的机车轰隆而上,
两天两夜没合眼,
为了与山火抢时间,
护我森林护我家园,
崽儿的心与重庆的脉相连。
背篓、柴刀、柴油、矿泉水、灭火器……
压得崽儿弯了腰。
四方救援的消防员,
崽儿的机车运前线。
上山送物资,
下山运人员,

三 旅途星河

致敬前线的救火员。
火不止，
重庆崽儿的机车永远在路上
踏平荆棘奔向狼烟起的地方。

注：2022年8月9日以来，全国出现罕见的极端高温天气，特别是重庆市北碚、巴南、大足、长寿、江津、涪陵等地先后发生多起森林火灾。截至26日8时30分，经各方共同努力，森林火灾各处明火已全部扑灭，全面转入清理看守阶段，无人员伤亡和重要设施损失。在重庆山火中脱颖而出的重庆机车崽儿无畏无惧，跨上摩托冲上救火前线，运物资送人员，表现卓越。龙麻子作为志愿者，是重庆机车崽儿的典型代表。特记之。

田野花香

山海关中秋

燕山西来入海怀,
山渊合一平榆关。
秦皇求仙成千古,
魏武挥鞭有遗篇。

注:2022年9月9日晚,中秋前夜,暂无眠,想到战国中期宋国的惠子(约公元前370—公元前310)的哲学思想,由他的"天与地卑,山与泽平"联想到秦皇岛的历史沧桑,斗转星移。

二 旅途星河

《秦驰道》遗址

寒露夜思

结露为霜天意寒，
鸿雁南飞寻暖阳。
雀入北海化身蛤，
陶家黄花映秋潭。

注：2022年10月8日，寒露节，因秦皇岛海港区受新冠疫情影响，防控政策要求居家静默等待解封。晚饭后，下楼到小区散步观月，有所感。春秋战国时，渤海称为北海，秦汉后凡塞北大泽都称北海。

宣恩春早

皇恩宠赐伍家台，
贡水煮茶满庭芳。
万家灯火连珠玉，
一片缠绵沁肌骨。

注：2023年1月24日，农历癸卯年正月初三，阳光和煦，一家人去宣恩县城观灯，山城温差大，夜晚较冷。伍家台是宣恩的名茶，清乾隆皇帝御笔亲题。县城驻辖地珠山镇，贡水河如玉带穿城，夜晚灯河相融。

饮旨酒偶得

人生如旨酒，
酣畅醉红尘。
爱江山美人，
更爱旨酒人。

注：爱驿梯旨酒是几位爱酒人士所创。2023年1月25日有感所作。

北戴河观海

青浪怀春万里来，
含笑倾心与君埋。
枯岸不解投怀意，
绝情送潮归恨海。

注：2023年1月31日，从湖北来凤县返河北秦皇岛上班，2月2日早上到达。居家读苏东坡的作品，有感所作。

癸卯年清明

清明时节雨纷纷，
酉水煮酒醉红尘。
莫愁前路无知己，
沧桑岁月天酬勤。

注：在来凤县兴安村调查期间，得诸位朋友关照，百福司镇党委镇政府、兴安村委和州纪委驻村干部提供诸多帮助，好友邦林夫妇专程从县城驱车至村里看望，与恩施土家族苗族自治州凤瑞达山茶油发展有限公司覃英先生一起在三省市边区农家乐小聚，微醺晚归。2023年4月5日，农历癸卯年闰二月十五日，清明节，遇见很特别。一是与朋友老满一家人聚会。老满的母亲杨孃孃1935年出生，家住宣恩县李家河干坝村，此村本应名官坝，忠建土司所属，清代时施南府在此设立有衙署机构，还有遗址痕迹可寻，后被好事者改名干坝。杨孃孃60岁前用全部的精力养育7个子女长大成人成才，60岁开始学认字，去年逐字逐句阅读《从村庄出发》。杨孃孃从干坝村坐车过来聚会，这是一次珍贵的聚会。二是晚饭后，与在广东省人社厅工作的90后青年才俊郑爱先生沿酉水河畔散步叙旧，一起宵夜吃包面（来凤和龙山当地小吃），三生有幸。郑老老（老老：当地方言，弟弟的意思）童年与我童年一样在大山深处度过，克服困难到武汉求学，有幸相识，成为朋友。知我在来凤，当晚从湘西卜纳洞村庄开车过来与我见面聊天，夜深方归。有感，借用和模仿唐诗表达心情。

田野花香

三 旅途星河

田野花香

酉水立夏

慵懒轩槛花春逝，
东窗青梅皓齿寒。
开合皆随夏风意，
秧田归人唱竹枝。

注：写于 2023 年 5 月 6 日星期六，立夏日，秦皇岛。酉水是沅江最大的支流。历史上，民间歌谣竹枝词流行酉水流域，对今天的酉水流域社会仍然有着广泛的影响。

二 旅途星河

田野花香

朴树

树如其名,不张不扬

诗词赏花

边让今朝忆蔡邕,无心裁曲卧春风。
舍南有竹堪书字,老去溪头作钓翁。
——李贺《南园十三首》

·158·